AF404627

L'ANGE GARDIEN,

OU

LA VÉRITABLE AMIE,

DRAME EN DEUX ACTES,

COMPOSÉ POUR LES DISTRIBUTIONS DES PRIX

ET LES RÉCRÉATIONS LITTÉRAIRES

Dans les Pensionnats de Demoiselles ;

PAR J.-A. GUYET.

Seconde Édition.

PRIX : 60 CENTIMES.

PARIS,

PERISSE FRÈRES, RUE SAINT-SULPICE, 38.

LYON,

GIRARD ET JOSSERAND, PLACE BELLECOUR, 21.

1853

L'ANGE GARDIEN,

DRAME EN DEUX ACTES,

COMPOSÉ POUR LES DISTRIBUTIONS DES PRIX

ET LES RÉCRÉATIONS LITTÉRAIRES

Dans les Pensionnats de Demoiselles;

PAR J.-A. GUYET.

Seconde Édition.

PRIX : 60 CENTIMES.

PARIS,

PERISSE FRÈRES, RUE SAINT-SULPICE, 38.

LYON,

GIRARD ET JOSSERAND, PLACE BELLECOUR, 21.

1853

PERSONNAGES.

ADÈLE DÉRICOURT , riche orpheline ,	18 ans.
MARIA DUCLOS , fille d'un caissier,	20 ans.
Mme BELGARD , femme d'un négociant,	25 ans.
Mme LAPIE , rentière ,	50 ans.
EUGÉNIE DURIEU ,	18 ans.
ANAÏS ,	17 ans.
ANNA , *amies d'Adèle,*	17 ans.
CÉLESTINE ,	17 ans.
Mme FRITZ , aubergiste,	50 ans.
JEANNETTE , femme de chambre,	18 ans.

La scène est à Paris dans le premier acte , et à Genève dans le second.

Lyon . Imprimerie de Dumoulin.

L'ANGE GARDIEN,

DRAME EN DEUX ACTES,

ACTE PREMIER.

Le théâtre représente un salon chez Adèle Déricourt. Au fond, une porte d'entrée ; à gauche, une autre porte.

SCÈNE I (¹).

Madame BELGARD, EUGÉNIE DURIEU, ANAIS, ANNA, CELESTINE, Madame LAPIE. (*Toilettes de visite.*)

(*Au lever du rideau, ces dames sont assises et continuent une conversation. Elles ont toutes un bouquet à la main.*)

EUGÉNIE.

Mais Adèle ne paraît pas.

ANAÏS.

Je suis bien impatiente de lui faire mon compliment.

ANNA.

Il m'en tarde aussi !

CÉLESTINE.

Il faut bien lui laisser le temps d'achever sa toilette.

MADAME BELGARD, *ironiquement*.

Mademoiselle Déricourt manquerait à tous ses

(1) Les indications sont prises de l'intérieur de la salle ; les personnages sont inscrits en tête de chaque scène dans l'ordre qu'ils occupent : le premier inscrit tient la première place à droite du spectateur.

devoirs de Parisienne et de millionnaire si elle ne faisait pas un peu attendre son monde.

MADAME LAPIE, *sur le même ton.*

Oui, sans doute. Se faire un peu désirer est un des secrets de la haute société.

MADAME BELGARD, *même ton.*

Surtout un jour de fête.

EUGÉNIE.

Mesdames, je vous assure que ces sentiments ne sont point du tout dans le cœur d'Adèle. Je suis bien sûre qu'elle est retenue, et qu'elle accourra près de nous dès qu'elle sera libre.

ANAÏS.

Je le crois. A la pension, elle était d'une simplicité charmante.

ANNA.

Et si bonne que tout le monde l'aimait.

CÉLESTINE.

Jamais elle n'a tiré vanité de sa fortune.

MADAME BELGARD.

Très-bien, Mesdemoiselles. Nous rendons à Mademoiselle Déricourt toute la justice qu'elle mérite. Nous l'aimons comme vous, moins pour ses richesses que pour ses qualités. N'est-il pas vrai, Madame Lapie?

MADAME LAPIE.

Assurément, Madame. C'est une charmante personne qui attire doucement tous les cœurs près d'elle. Mais veuillez me dire... (*Madame Lapie et Madame Belgard se lèvent et s'approchent ; les quatre jeunes filles se lèvent aussi et causent à voix basse au fond du théâtre. Madame Lapie continue d'un ton confidentiel* (1).) Quelle est la source de cette immense

(1) Mme Belgard, Mme Lapie, Eugénie, Anaïs, Anna, Célestine.

fortune de Mademoiselle Déricourt ? Le savez-vous ?

MADAME BELGARD.

Je crois cette source des plus honorables. M. Déricourt était un riche armateur. Il n'avait qu'une fille. Quand il vit la vieillesse approcher à grands pas, prévoyant que son enfant ne pourrait continuer son commerce maritime, il vendit ses marchandises et ses vaisseaux, et les sommes immenses qu'il en retira furent placées au nom d'Adèle chez M. Hottmann, vous savez, ce fameux banquier allemand.

MADAME LAPIE.

Oui, oui, je le connais, et je savais déjà ce que vous venez de me dire. Mais on m'a rapporté (*parlant plus bas*) que M. Déricourt s'était enrichi autant par l'usure que par ses spéculations d'outre-mer.

MADAME BELGARD.

Je ne crois pas cela. S'il en était ainsi, M. Belgard, mon mari, serait peu jaloux de solliciter en faveur de son frère l'honneur de protéger Adèle dans le monde ; car vous savez qu'elle n'a plus de parents.

MADAME LAPIE.

Ah ! je comprends vos attentions pour elle, (*ironiquement*) et je vois bien à présent que vous n'estimez que ses qualités.

MADAME BELGARD, *à moitié fâchée.*

Vous y mettez trop de finesse, Madame Lapie.

MADAME LAPIE, *doucement.*

Ne vous fâchez pas, chère amie ; ce n'est pas moi qui vous contrarierai. Je vous ai fait part de mes observations, parce que M. Lapie a été sur le point d'avoir un procès avec M. Déricourt à propos d'usure.

MADAME BELGARD.

M. Lapie ! et si c'était lui !... Mais non ; tenez, nous n'entendons rien aux affaires.

SCÈNE II.

Madame BELGARD , Madame LAPIE , EUGÉNIE ,
ANAIS, MARIA, ANNA, CELESTINE.

MARIA, *dans la coulisse du fond, avec force.*

Je vous dis que j'entrerai.

MADAME BELGARD.

Quel est ce bruit?

MARIA, *toujours dans la coulisse.*

Je veux voir Mademoiselle Adèle ; je lui parlerai...
*(Elle entre précipitamment par la porte du fond ;
son air est égaré ; ses vêtements sont simples. Elle
s'arrête brusquement et se recueille pour parler. Les
jeunes filles s'avancent vivement et comme épouvan-
tées vers les deux dames.)*

MARIA, *des larmes dans la voix.*

Mesdames, Mademoiselle Adèle, vous aurez pitié
de moi !...

ANNA.

Adèle n'est pas ici, Mademoiselle.

MARIA, *douloureusement.*

Elle n'y est pas ! O mon Dieu ! où est-elle ?...

CÉLESTINE, *avec intérêt.*

Elle viendra bientôt.

MARIA, *avec anxiété.*

Elle viendra peut-être trop tard.

ANNA.

Eh bien ! dites-nous...

CÉLESTINE, *avec bonté.*

Vous paraissez bien affligée ; vous est-il arrivé quelque malheur ? Racontez - nous vos peines... (*Maria les regarde l'une après l'autre comme désespérée.*) Allons, parlez-nous...

MARIA, *avec effort.*

Je suis la fille de François Duclos, caissier de M. Hottmann... Pendant toute la matinée, ce banquier a fait des payements inattendus, et la caisse de mon père sera bientôt vide. Il vient de reconnaître qu'il y manque trois cents francs, et il faut que cet argent se trouve dans une heure, sans quoi (*pleurant*) mon père est déshonoré.

MADAME LAPIE, *riant.*

Ah ! ah ! ah ! la belle affaire pour se lamenter ainsi ! (*Maria la regarde avec un étonnement douloureux.*)

CÉLESTINE , *à demi-voix*

Cette dame Lapie a un cœur de bronze.

MARIA, *qui a entendu Célestine.*

Madame Lapie ! Madame Lapie ! Ah ! je suis sauvée ! (*S'approchant d'elle.*) Oui, Madame, vous sauverez mon père, parce qu'il a souvent aidé votre mari. Dernièrement encore il lui prêta mille francs.

MADAME LAPIE , *l'interrompant.*

Jeune fille, vous vous trompez; Lapie ne connaît point votre père.

MARIA.

Si, si, ils se connaissent. C'était pour un fils de famille.

MADAME LAPIE, *brusquement,*

Taisez-vous. (*A part.*) L'impertinente ! (*Haut, s'adressant à Madame Belgard.*) Concevez-vous tout ceci, Madame Belgard ?

MARIA, *étonnée.*

Madame Belgard ! la femme du manufacturier !

MADAME BELGARD.

Eh bien ?

MARIA, *suppliante.*

Ah ! Madame, mon père a des droits sacrés à votre protection. C'est lui qui a fourni à M. Belgard les premiers fonds pour s'établir. Refuserez-vous ma prière aussi ?

MADAME BELGARD.

Je ne puis rien pour vous, ma chère. (*Elle lui tourne le dos.*)

MARIA, *avec désespoir.*

Oh ! mon Dieu !

CÉLESTINE.

Ah ! si nous étions riches !

ANAÏS.

Sa douleur me fend le cœur.

EUGÉNIE.

Ah ! si Adèle était là !

ANNA.

La voilà !

SCÈNE III.

MADAME BELGARD, MADAME LAPIE, *au premier plan ;* EUGÉNIE , ANAIS , ANNA , CÉLESTINE , *au deuxième plan ;* MARIA, ADÈLE, *à gauche.*

(*En apercevant Adèle , Maria court se jeter à ses pieds, mais sanglotte et ne peut parler.*)

ADÈLE, *avec bonté, la prenant par la main.*

Relève-toi , ma bonne. Pourquoi pleures-tu ?
(*Maria se relève sans pouvoir rien dire.*)

EUGÉNIE.

C'est la fille du caissier de M. Hottmann qui vient
implorer ta générosité pour son père, qui est sur le
point d'être déshonoré.

ADÈLE, *surprise.*

Déshonoré, mon vieux Duclos! De quoi s'agit-il?

EUGÉNIE.

De trois cents francs qui manquent à sa caisse.

ADÈLE.

Ah ! je respire. (*Tirant une bourse. A Maria.*)
Tiens, mon enfant, prends ceci, et sèche tes larmes.
Reviens me voir dans la soirée.

MARIA, *avec enthousiasme.*

Merci, Mademoiselle! oh ! merci! (*Elle lui baise
la main avec transport et sort précipitamment.*)

ADÈLE.

Veuillez m'excuser, Mesdames ; j'ai été bien longtemps retenue chez moi, mais je n'ai pu venir vous
joindre plus tôt.

SCÈNE IV.

MADAME BELGARD , MADAME LAPIE , EUGÉNIE ,
ANAIS, ANNA, CÉLESTINE , ADELE , *au milieu
d'abord, puis allant de l'une à l'autre.*

MADAME BELGARD.

Nous ne calculions les moments que par le déplaisir

1.

de ne pas vous voir, chère Adèle ; car il nous tardait de vous répéter, la veille de votre fête, ce que nous vous disons tous les jours. (*Offrant un bouquet.*) Vivez longtemps, excellente amie, pour le bonheur de tout ce qui vous entoure.

ADÈLE, *l'embrassant.*

Je vous remercie, Madame Belgard ; ces mots-là viennent du cœur.

MADAME LAPIE.

La belle action dont nous venons d'être témoins suffirait pour embellir et parfumer une existence tout entière. Dans la vôtre, Mademoiselle Adèle, ce n'est que la plus petite des fleurs odorantes qui s'épanouissent autour de vous. (*Présentant son bou-- quet.*) Plaise à Dieu que vous soyez immortelle !

ADÈLE, *l'embrassant.*

Ce que vous dites là, Madame Lapie, est trop beau pour moi ; mais puisque les vertus plaisent à Dieu, je tâcherai toujours d'exercer la bienfaisance.

ANAÏS.

Je n'ai à t'offrir, chère amie, qu'un bouquet de myosotis. (*Elle le présente.*)

ADÈLE.

Donne, Anaïs ; je n'ai pas besoin de myosotis pour me souvenir de toi. (*Elle l'embrasse.*)

ANNA.

Moi, j'ai des immortelles. (*Elle les offre.*)

ADÈLE.

Viens, bonne Anna ; elles sont l'emblème de ton amitié. (*Elle l'embrasse.*)

CÉLESTINE.

Voici du réséda. (*Elle donne son bouquet.*) Tes qualités..

ADÈLE, *l'interrompant.*

Oui, embrasse-moi (*elle l'embrasse*) ; mes qualités surpassent mes charmes. Célestine, tu m'as toujours flattée.

EUGÉNIE.

(*Elle présente et offre son bouquet ; mais elle ne dit rien et tient son mouchoir sur ses yeux.*)

ADÈLE, *l'embrassant.*

Bonne Eugénie, je te comprends. Voilà des compliments que j'aime ! (*Elle l'embrasse encore.*) Ne pleure pas ainsi.

EUGÉNIE, *s'essuyant les yeux.*

Ces larmes me font grand bien.

ADÈLE.

Mesdames, recevez tous mes remercîments. Je sens vivement le prix de vos attentions pour moi. Orpheline et sans expérience, j'ai grand besoin du soutien de votre amitié.

MADAME BELGARD.

Cela ne durera pas toujours, ma chère amie. (*A demi-voix.*) J'aurai, sous peu de temps, une confidence à vous faire.

ADÈLE.

Quand il vous plaira, Madame Belgard. (*Gaîment, en montrant les fleurs.*) Allons, il faudra faire honneur à tous ces bouquets. Dans huit jours, réunion générale. Anaïs, je compterai sur ta mère ; Anna, n'oublie pas d'inviter ta tante ; Célestine, amène ta petite sœur ; Eugénie, viens avec ta famille. Madame Belgard, Madame Lapie, les deux fauteuils de présidentes vous attendront.

MADAME LAPIE.

Personne ne manquera à cette joyeuse réunion. Permettez-nous de vous quitter.

ADÈLE.

Quoi! déjà!... Au revoir, Madame Lapie. (*Toutes les dames saluent.*) Adieu, Mesdames. (*Elle les reconduit jusqu'à la porte du fond. — Bas à Eugénie.*) Je te reverrai ce soir.

EUGÉNIE, *de même.*

Oui, mon amie, je reviendrai. (*Elles se disent adieu en se faisant des signes d'amitié.*)

SCÈNE V.

ADÈLE, *seule.*

(*Elle pose ses bouquets sur un meuble et s'assied ; elle est un instant pensive.*)

Me voici retombée dans ma solitude!... C'est pourtant bien triste de vivre ainsi isolée et sans famille!... Mes jeunes amies sont toujours riantes ; la candeur et la félicité se lisent sur leurs fronts... Et moi!... de sombres nuages semblent couvrir ma destinée... (*Levant les yeux au ciel.*) O mon Dieu ! vous seul êtes mon appui dans ce monde... (*D'une voix tremblante.*) Vous n'avez pas voulu me faire éprouver le bonheur de voir ma mère... (*Elle pleure.*) Vous m'avez retiré, dans l'âge le plus tendre, l'appui de mon père... Soyez béni, car vous m'avez laissé votre amour. (*Se levant.*) Madame Lapie m'a paru bien cérémonieuse... Comme son compliment, quoique tiré d'une circonstance fortuite, était prétentieux!... Mais qu'a voulu me dire Madame Belgard? Elle a des confidences à me faire... Des confidences!... à moi!... Attendons.

SCÈNE VI.

ADÈLE, JEANNETTE.

JEANNETTE.

Voici une lettre pour Mademoiselle.

ADÈLE, *se levant.*

Qui l'a apportée?

JEANNETTE.

C'est le domestique de M. Gallois.

ADÈLE.

L'agent de change de mon père! Donnez. (*Elle reçoit la lettre. Jeannette se retire.*)

SCÈNE VII.

ADÈLE, *seule.*

(*Elle regarde l'adresse de la lettre.*) C'est bien pour moi. Que peut avoir à me dire M. Gallois?... (*Elle décachète la lettre.*) Lui qui ne m'a vue qu'une fois, lorsqu'il vint voir mon père avec M. Hottmann! (*Elle lit.*) « Mademoiselle, je ne perds pas un in- « stant pour vous prévenir que le bruit court à la « Bourse que le banquier Hottmann vient de sus- « pendre ses payements... » (*Elle s'interrompt et se laisse tomber sur un fauteuil.*) Ah ! mon Dieu ! c'est lui qui a toute ma fortune entre ses mains !... (*Douloureusement.*) Le malheur serait-il près de moi?... (*Elle continue lentement la lecture de la lettre.*) « On

« ne sait pas encore au juste quel est le chiffre du
« bilan ; mais il est certain que ce négociant a perdu
« des sommes considérables dans ses spéculations
« sur les chemins de fer, et l'on prévoit une cata-
« strophe. Je vous engage à prendre vos précautions,
« s'il en est encore temps. » C'est de l'hébreu pour
moi que tout cela... Et quelles précautions faut-il
que je prenne ?... Ce qu'il y a de plus évident ici,
c'est que je suis ruinée... Ruinée !... quel mot affreux !... Et personne pour me diriger dans ces lu-
gubres affaires !... personne !... Eh ! que dis-je ?...
Insensée !... (*Montrant le ciel.*) Et celui qui est la
providence du pauvre !... Allons à ses pieds m'inspirer de ses conseils. (*Elle sort par la porte latérale.*)

SCÈNE VIII.

JEANNETTE, *seule.*

(*Dès les derniers mots d'Adèle, elle a entr'ouvert la
porte du fond. Elle s'avance sur le théâtre au moment où
Adèle disparaît.*)

Ruinée ! disait-elle, ruinée ! Ce serait-il possible ?
Mademoiselle qu'était si riche ! qu'avait des millions
que ça faisait trembler rien que d'y songer ! (*Se croi-
sant les bras.*) V'là ce que c'est pourtant que la ri-
chesse ! Parlez-moi d'être pauvre, on n'a pas à craindre tous ces malheurs-là. (*Etendant une main.*) On
n'a que deux sous, je suppose... Eh ben ! une autre
ne les a pas... et on les met dans sa poche... ou ben
on achète une robe avec... Moi, par exemple, y a
pas à craindre qu'on me ruine... Pas si bête !... J'ai
trente-six francs de reste de mon gage de l'an passé ;
une autre les aurait mis chez un banquier ; moi, je
les ai cousus dans un bas... (*Madame Belgard entre.*)

SCÈNE IX.

JEANNETTE, Madame BELGARD.

MADAME BELGARD.

Jeannette, tu es bien préoccupée ce soir, puisque tu n'entends pas venir les gens.

JEANNETTE.

Pardine ! y a ben de quoi.

MADAME BELGARD.

Qu'y a-t-il donc ?

JEANNETTE, *confidentiellement.*

Mademoiselle qu'est ruinée...

MADAME BELGARD.

En vérité ?... Mais es-tu sûre de ce que tu dis ?

JEANNETTE.

Dame ! c'est elle qui le disait toute seule, comme ça : (*Contrefaisant Adèle, en étendant les bras.*) Ruinée ! affreux ! lugubre ! insensée !... Des grands mots, quoi !

MADAME BELGARD.

Est-ce possible ?... Tu te trompes, Jeannette.

JEANNETTE.

Je me trompe ! je me trompe ! c'est bien aisé à dire... Mais puisque c'est la lettre de M. Gallois qui a tout dit...

MADAME BELGARD, *surprise.*

M. Gallois, l'agent de change ! M. Hottmann a failli... Ah ! mon Dieu !...

JEANNETTE.

J'entends Mademoiselle. (*Elle sort.*)

SCÈNE X.

ADÈLE, Madame BELGARD.

ADÈLE.

Je suis charmée de vous revoir, Madame Belgard, car j'ai besoin de conseils... Nous voici seules ; asseyons-nous.

MADAME BELGARD, *d'un air embarrassé.*

Je vous remercie, Mademoiselle Adèle ; je ne pourrai pas rester bien longtemps. J'allais oublier que je suis attendue chez moi à cinq heures, qui, je crois, vont sonner.

ADÈLE.

(*A part.*) Quel langage ! (*Haut.*) Je craindrais d'être indiscrète en vous retenant, et nous remettrons à un autre entretien ce que vous me paraissiez assez pressée de me dire ce matin.

MADAME BELGARD.

Il est vrai que j'ai à vous communiquer quelque chose de fort important pour vous et pour moi ; mais les détails de cette affaire seraient très-longs à expliquer. Je vous reverrai dans quelques jours. Permettez-moi de me retirer. (*Elle fait quelques pas pour s'en aller.*)

ADÈLE.

(*A part.*) Elle sait tout ; éprouvons-la jusqu'au bout. (*Haut.*) Madame Belgard, un mot, de grâce.

Je vous ai toujours comptée au nombre de mes meilleures amies, et je suis bien certaine que ce n'est pas ma fortune qui servait de lien à nos cœurs. N'est-il pas vrai ?

MADAME BELGARD, *contrariée.*

Sans doute, Mademoiselle.

ADÈLE.

Eh bien ! écoutez-moi. Cette fortune, je l'ai perdue ; millionnaire ce matin, je suis indigente ce soir. J'aurai besoin peut-être de votre appui ; me le promettez-vous ? (*Elle examine Madame Belgard.*)

MADAME BELGARD, *d'un ton glacé.*

Si mon appui pouvait vous être utile, je ne demanderais pas mieux que de vous l'offrir ; mais vous savez combien mes connaissances dans le monde sont rares et peu influentes. Toutefois, je...

ADÈLE, *l'interrompant.*

Je ne vous retiens plus, Madame. (*Elles se saluent. Madame Belgard sort.*)

SCÈNE XI.

ADÈLE, JEANNETTE.

(*Adèle s'assied et se cache en pleurant le front dans ses mains. Jeannette paraît.*)

JEANNETTE.

Mademoiselle, la jeune personne de ce matin désire vous parler.

ADÈLE.

Quelle jeune personne ?

JEANNETTE.

Celle qu'est entrée malgré moi.

ADÈLE.

Ah! la fille de Duclos? Qu'elle vienne.

JEANNETTE, *ouvrant la porte.*

Entrez, Mademoiselle.

SCÈNE XII.

ADÈLE, MARIA.

(*Adèle est assise; Maria entre et pose un genou devant elle, lui prenant et lui baisant la main.*)

MARIA.

Que vous êtes bonne, Mademoiselle! Grâce à vous, j'ai pu sauver l'honneur et peut-être la vie de mon père. Sera-ce trop de toute mon existence employée à vous servir? Je suis arrivée à temps; mon père venait de rentrer dans son bureau. Une foule de monde se pressait au guichet de la caisse. J'étais hors d'haleine; j'entre précipitamment, et, tombant dans ses bras, je lui donne la bourse. « Maria, me dit-il sévèrement, d'où vient cet or? » Je vous nomme. « Ah! s'écrie-t-il extasié, elle me sauve la vie. Va lui dire, Maria, que j'irai la remercier. » Puis il a ajouté : « Hélas ! » et une larme de reconnaissance est tombée sur ma main. Merci donc, Mademoiselle, merci !... (*Elle lui baise encore la main. —D'un ton affligé.*) Mais vous ne me répondez point... vous pleurez...

ADÈLE, *d'un ton pénétré.*

Parle encore, noble enfant, parle toujours ; j'éprouve à t'entendre un bonheur inconnu. Il est donc vrai qu'une bonne action est une des joies les plus douces du cœur humain. Relève-toi, et assieds-toi ici à mes côtés : nous sommes égales en tout, car depuis tantôt je suis aussi pauvre que toi.

MARIA, *étonnée.*

Aussi pauvre que moi !

ADÈLE.

Oui, ma bonne Maria, aussi pauvre que toi. Toute ma fortune était placée chez M. Hottmann, qui a failli aujourd'hui.

MARIA.

Ah ! mon Dieu ! voilà l'explication de la douleur de mon père. Cet *hélas !* était pour vous.

ADÈLE.

Je le crois, car ton père m'aime comme son enfant. Lui et M. Déricourt étaient de vieux amis, et, quand mon père mourut, tu te souviens que le tien en fut longtemps malade de chagrin.

MARIA.

Oui, je me le rappelle. J'étais bien petite, et vous aussi. Quelquefois on m'amenait ici pour jouer avec vous ; mais vos années de pension nous ont séparées. Dans quel triste moment nous nous retrouvons !

ADÈLE.

Dieu était le maître de mes biens ; s'il me les retire, c'est qu'il le croit utile à mon bonheur.

MARIA.

Mais tout n'est pas désespéré. Mon père connaît les affaires ; il forcera M. Hottmann à vous payer.

ADÈLE.

Avec quelle assurance tu me dis cela ! Comme si tu comprenais là-dedans quelque chose de plus que moi ! Si M. Hottmann me remboursait, ce serait au détriment des autres créanciers, et je ne voudrais pas faire du tort à quelqu'un.

MARIA.

C'est très-beau ce que vous dites là ; mais il ne faut pas perdre courage. Quelque chose me dit là (*montrant son cœur*) que vous continuerez à être heureuse.

ADÈLE.

Je voudrais partager ton espoir, mais je ne l'ose point. Quand on fait une si lourde chute, il est difficile de s'en relever.

MARIA.

Avec de l'énergie, on se relève toujours.

ADÈLE.

Et puis, vois ma position ! Riche, j'avais des amies ; pauvre, je n'en aurai plus. Elles m'abandonneront et laisseront seule l'orpheline.

MARIA.

Vous viendrez avec nous.

ADÈLE, *joignant les mains.*

Quel cœur !

MARIA.

Je veillerai à tous vos besoins. Mon père sera heureux de vous avoir près de lui.

ADÈLE.

Non, ma bonne Maria, je ne puis imposer à ton père une si grande charge. Je verrai à gagner ma vie quelque part.

MARIA.

C'est inutile ; je travaillerai pour nous deux.

ADÈLE, *l'entourant de ses bras.*

Pauvre enfant !

MARIA.

Vous ne regretterez pas la fortune ; je serai votre bonne.

ADÈLE, *avec transport.*

Ah ! c'est trop beau ! Laisse-moi t'embrasser. (*Elle l'embrasse.*) Non, ma charmante, nous ne mettrons pas ces projets à exécution ; mais nous nous verrons souvent, très-souvent. Dans toutes tes offres, tu ne parles point de ton amitié ; veux-tu me la donner ?

MARIA.

Eh ! que dites-vous, Mademoiselle Adèle ? Peut-on vous connaître sans vous aimer ?

ADÈLE.

De mieux en mieux ! Allons, c'est convenu. (*Elles se lèvent.*) Ecoute, Maria, tu vas retourner près de ton père ; tu lui annonceras que j'irai le voir demain pour lui parler d'affaires.

MARIA.

Mais je reviendrai.

ADÈLE.

Oui, tu reviendras. Ce soir...

MARIA.

Oui, oui. Adieu, Mademoiselle Adèle !

ADÈLE.

Adieu, Maria ! (*Maria sort.*)

SCÈNE XIII.

ADÈLE, *seule.*

(*Elle regarde pendant quelque temps la porte par la-quelle Maria est sortie.*)

Quelle charmante jeune fille ! quelle naïveté ! et quelle touchante réunion de qualités si rares aujour-d'hui ! Ah ! si j'étais toujours riche !... (*Elle s'as-sied.*) Mais voyons ! que vais-je faire, si ma position est désespérée ? A mon âge, quelle confiance est-il possible d'inspirer ? Devenir institutrice, lectrice, voilà mon meilleur sort ! Travailler de mes mains, s'il est nécessaire !... Je saurai m'y résoudre. Comment faire ? Je ne peux pas compter sur Madame Belgard... Madame Lapic ne fera rien pour moi, c'est probable... Eugénie Durieu serait ma seule ressource, si elle était maîtresse de ses volontés ; mais son père n'a pas son cœur... Mes autres amies sont trop jeunes... Je me vois abandonnée...

SCÈNE XIV.

ADÈLE, JEANNETTE.

JEANNETTE.

Mademoiselle, voici un paquet de lettres.

ADÈLE, *résignée.*

Ah! ah! Posez-les sur cette table, et laissez-moi. (*Jeannette obéit.*) A propos, Jeannette,... vous serez libre demain, mon enfant. Vous savez pourquoi, n'est-ce pas?

JEANNETTE, *faisant mine de pleurer.*

Mademoiselle n'est donc pas contente de moi?

ADÈLE, *gravement.*

Je ne dis pas cela; mais je puis maintenant me servir seule.

JEANNETTE.

Oui, Mademoiselle. (*A part.*) C'était bien vrai tout de même. (*Elle sort et écoute à la porte pendant la scène suivante; on la voit de temps en temps avancer la tête entre les battants.*)

SCÈNE XV.

ADÈLE.

Des lettres! des lettres!... Des compliments de condoléance, j'en suis sûre... Voyons... (*Elle prend une lettre et l'ouvre.—Lisant.*) « Madame Lapie part « ce soir pour la campagne; elle prie Mademoiselle « Déricourt de vouloir bien l'excuser de ce qu'elle « ne peut lui faire une visite d'adieu. » (*Parlant.*) Voilà un billet du matin qui est clair! (*Ouvrant une autre lettre.—Lisant.*) « M. Durieu a l'honneur de « prévenir Mademoiselle Déricourt qu'Eugénie est « indisposée et ne pourra l'aller voir de quelques « jours. » (*Parlant.*) Pauvre Eugénie! elle ne se doute guère qu'elle est malade! (*Elle ouvre les autres lettres avec précipitation et les parcourt rapidement.*) Oui, oui, c'est toujours la même chose; elles partent, elles sont malades ! Je m'y attendais... Allons !... c'est bien !... Il faut partir aussi ! (*S'animant peu à peu.*) Telle est pourtant l'amitié du monde ! Fondée sur les richesses, elle s'éloigne avec elles... (*Se levant.*) Il n'en est pas de même de l'amour de Dieu. (*Posant la main sur son cœur.*) Il reste là quand les autres amours s'en vont... Qu'il me soutienne en ce moment cruel !... (*Avec regret.*) Il me faut donc quitter ces lieux qui ont abrité mon enfance !... Et où irai-je, hélas !... (*Résolument.*) Dieu m'inspirera ; je vais me préparer à partir... (*Elle sort par la porte latérale.*)

SCÈNE XVI.

JEANNETTE, MARIA, *puis* ADÈLE.

(*Jeannette et Maria entrent ensemble au moment où sort Adèle.*)

JEANNETTE.

Je vous dis qu'elle va partir.

MARIA.

C'est impossible.

JEANNETTE.

Je vous dis que si... J'ai bien entendu, p't-être... L'amitié du monde reste... l'amour de Dieu s'éloigne... (*Se reprenant et secouant la tête.*) C'est pas ça... comment c'est donc ?... Enfin, n'importe, vous comprenez...

MARIA.

Je n'y comprends rien...

JEANNETTE.

Comment!... il faut quitter ces lieux... Dieu m'aspirera... Partir... où irai-je?...

MARIA.

Que dites-vous?

JEANNETTE.

Je savais bien, moi!

(*En ce moment, Maria et Jeannette sont arrivées en discutant jusque sur le devant du théâtre. On voit Adèle sortir des appartements intérieurs, un paquet sous le bras. Les violons jouent* pianissimo *un air mélancolique; elle sort lentement par la porte du fond; Maria lève les mains au ciel; Jeannette reste hébétée.*)

MARIA, *avec tendresse.*

Pars, céleste fille!... Moi!... je vais te suivre et t'accompagner. Je veux être ton ange gardien. (*Elle sort vivement; Jeannette gesticule en levant de grands bras; la toile tombe.*)

FIN DU PREMIER ACTE.

ACTE SECOND.

Le théâtre représente une salle d'auberge,

SCÈNE I.

ADÈLE, MARIA.

(Au lever du rideau, Maria et Adèle en costume de servantes, chacune un plumeau et un linge à la main, époussètent les meubles.)

MARIA.

Mademoiselle Adèle, ne vous donnez pas tant de peine, je vous prie. Je ne veux pas que vous travailliez tant, vous le savez bien.

ADÈLE.

Tu ne veux pas! tu ne veux pas! Et moi, je veux travailler autant que toi.

MARIA.

Voilà comme vous êtes toujours! Vous voulez donc m'affliger?

ADÈLE.

Mais non, ma bonne Maria.

MARIA.

Eh bien! reposez-vous dans ce grand fauteuil. *(Elle s'approche d'Adèle et la fait asseoir.)* Là!...

J'aime à vous voir assise comme ça... Je pense alors
à Paris. Il me semble que je vous vois dans votre
joli salon...

ADÈLE.

Encore !... Tu me parles toujours de ce que j'ai
fait pour ton père... Depuis, tu as bien acquitté sa
dette, mon amie...

MARIA.

Mon amie !... ces mots-là font plaisir... Vous êtes
trop indulgente, Mademoiselle Adèle ; je n'ai encore
rien fait.

ADÈLE.

Comment ! tu n'as rien fait ! Ne m'as-tu pas conduite chez ton père, quand j'ai quitté mon hôtel ?

MARIA.

Voyez un peu le beau mérite !

ADÈLE.

N'as-tu pas couru Paris pendant huit jours pour
me trouver une place ?

MARIA.

Ces démarches me procuraient l'agrément de
longues promenades ; ma santé les exigeait.

ADÈLE.

Ne m'as-tu pas placée près de Madame de Bettereine comme femme de chambre ?

MARIA.

Ah ! j'ai fait là un joli chef-d'œuvre ! Mademoiselle Adèle Déricourt femme de chambre !

ADÈLE.

Et quand Madame de Bettereine a voulu quelque
temps après partir pour la Suisse, ne t'es-tu pas

jetée à ses genoux pour la prier de te recevoir avec elle sans aucun émolument? et n'as-tu pas ensuite quitté ton père pour nous accompagner, ou plutôt pour m'accompagner?

MARIA.

Oh! pour ça, vous n'avez pas raison, Mademoiselle; c'est mon père qui m'a forcée de vous accompagner.

ADÈLE.

Soit! Mon bon Duclos en est bien capable! Mais est-ce lui qui m'a sauvé la vie quand notre voiture a versé dans le Rhône, tout près de Genève?... Voyons, réponds-moi.

MARIA.

Moi, je vous ai sauvé la vie! En voilà la première nouvelle. Ecoutez-moi : j'étais sur le siége de derrière, vous étiez dedans avec Madame de Bettereine; quand la voiture a versé, la portière s'est ouverte, et vous avez eu le temps de sortir toutes deux de la berline avant qu'elle ne s'enfonçât dans l'eau. Moi, qui étais tombée sur le gazon sans me faire de mal, j'accourus près de vous deux, qui alliez disparaître sous l'eau, et j'ai saisi aux cheveux la première tête que j'ai trouvée sous ma main. Par bonheur, cette tête était la vôtre. Le premier venu...

ADÈLE, l'interrompant.

Tu te trompes, Maria. Madame de Bettereine était plus près du bord; elle était sortie la première. Tu as passé la main au-dessus de sa tête pour prendre la mienne. (*D'un ton douloureux.*) Tu as bien mal fait; mes maux seraient finis. En sauvant Madame de Bettereine, tu faisais ta fortune, tandis que sa mort nous a replongées dans le malheur.

MARIA.

Ah ! je regrette de tout mon cœur de n'avoir pu lui sauver la vie. Mais je vous assure que je suis pour peu de chose dans le bonheur que vous avez eu. Vous étiez prête à saisir une branche d'arbre qui vous aurait sauvée aussi bien que moi.

ADÈLE , *d'un ton un peu fâché.*

Allez, allez, Mademoiselle Maria ! excusez-vous bien d'être mon ange gardien ; si vous continuez, je ne t'aimerai plus.

MARIA, *interdite.*

Eh ! mais !... je... vous... croyez... (*Pleurant.*) Je mourrai si vous me parlez comme ça.

ADÈLE.

Pardonne-moi, Maria... Mais du moins ne m'empêche pas de te croire ma bienfaitrice.

MARIA.

Mais aussi ne renversez pas le monde.

ADÈLE.

Tiens, ne parlons plus de cela ; tâchons seulement de trouver une place meilleure que la nôtre. Après la mort de Madame de Bettereine, nous avons été heureuses sans doute de devenir servantes d'auberge ; mais nous sommes à Genève, c'est-à-dire loin de Paris, et cet état ne me plaît guère ; je crains de rencontrer à chaque instant des figures de connaissance.

MARIA.

Eh ! qui reconnaîtrait Mademoiselle Déricourt sous ces modestes habits ? Au reste, ceci ne durera probablement pas longtemps. Vous savez que mon père veille sur vos intérêts , et sa dernière lettre

donnait quelque espoir sur la réussite de ses démarches... Mais j'entends Madame Fritz ; faites semblant de travailler... Moi, je vais frotter ferme...
(*Elle s'approche d'une table et la frotte avec ardeur.*)

ADÈLE, *époussetant.*

Tu me dis de faire semblant de travailler... mais
je vais travailler tout de bon ; je n'entends pas que
tu m'épargnes ainsi toutes les fatigues...

SCÈNE II.

LES MÊMES, MADAME FRITZ.

MADAME FRITZ, *à la cantonnade.*

Pierre ! veillez à ce que la remise soit libre, et
habillez-vous pour recevoir le monde. (*Elle entre.
— D'un ton de reproche.*) Mesdemoiselles, vous restez bien longtemps pour arranger cette pièce. Voilà un grand quart d'heure que vous êtes ici à caus-
ser plutôt qu'à faire votre ouvrage, n'est-ce pas ?

MARIA, *frottant.*

Oh ! Madame, nous n'épargnons pas nos peines.
Voyez comme cette table brille.

ADÈLE, *époussetant.*

Madame Fritz, nous sommes bien heureuses
quand nous pouvons vous contenter.

MADAME FRITZ, *s'adoucissant.*

Oui, oui, c'est toujours comme ça; vous savez me
prendre par mon faible ; mais voyez, mes enfants,
il ne faut pas être paresseuses à l'hôtel du Léman,
surtout dans la belle saison. Vous verrez, vous ver-

rez ! Dans quelques jours, tous les touristes de France et d'Angleterre vont affluer ici. Il vous faudra de l'activité, de la complaisance, des soins, de l'affabilité pour plaire à tout le monde. Prenez-y bien garde, les étrennes seront en proportion de votre travail. Ici les bonnes ne connaissent pas les sous et les batz ; les francs et les florins leur ont bientôt fait des bourses rondelettes.

MARIA, *frottant les chaises.*

Madame, un florin, combien ça fait-il en argent de France ?

MADAME FRITZ, *d'un ton doctoral.*

Deux francs quinze centimes.

ADÈLE, *époussetant toujours.*

Combien de florins coûte le voyage d'ici à Paris, Madame Fritz ?

MADAME FRITZ.

Ah ! vous songez déjà à partir, Mesdemoiselles les Parisiennes ? Nous verrons, nous verrons. Allons , cette pièce est en état ; montez à la chambre bleue et préparez-la. Nous pouvons avoir des voyageurs dans la soirée.

ADÈLE ET MARIA.

Oui, Madame. (*Elles sortent.*)

SCÈNE III.

MADAME FRITZ , *seule.*

Ces jeunes filles ont de la bonne volonté ; elles sont surtout très-obéissantes. Je n'ai pas mal fait

de les prendre après la mort de leur maîtresse...
Mais je ne sais pourquoi cette demoiselle Adèle
m'inspire un respect involontaire... Je n'ose pourtant jamais la gronder!... Et puis elle a de ces ré-
ponses si jolies, de ces mots si doux, si flatteurs,
qu'il y aurait vraiment de la cruauté à de pas lui en
tenir compte... Il faudra que je l'examine de près...
Je soupçonne un mystère dans sa vie... Et puis,
Maria qui lui dit toujours : Mademoiselle... qui ne
la tutoie pas... Si c'était quelque princesse dégui-
sée !... Oui, c'est cela... Ah! ma fortune est faite...
Qui vient là ?...

SCÈNE IV.

Madame FRITZ, MARIA.

MARIA.

Madame! Madame! une chaise de poste entre dans
la cour. Mademoiselle Adèle est descendue pour recevoir; il y a trois belles dames.

MADAME FRITZ.

Trois belles dames! Je vais les saluer. Restez ici,
et préparez tout.

MARIA.

Oui, Madame.

SCÈNE V.

MARIA, *seule*.

Le courrier de Paris n'arrive point... Avec quelle

impatience je l'attends, aujourd'hui !... Il me semble que je vais recevoir de bonnes nouvelles... Je suis toute joyeuse.

SCÈNE VI.

MARIA, ADÈLE.

ADÈLE, *essoufflée.*

Maria, oh ! Maria, descends vite... Si tu savais qui je viens de voir !

MARIA.

Qui donc ?

ADÈLE, *de même.*

Descends, descends, tu verras... Madame Fritz t'attend. (*On entend Madame Fritz crier :* Maria !)

MARIA, *criant.*

On y va, on y va.

SCÈNE VII.

ADÈLE, *seule.*

Ah ! je n'en puis plus... Tout mon sang reflue vers mon cœur... Les voilà qui vont venir !... Tâchons de ne point me trahir.

SCÈNE VIII.

ADÈLE, Madame BELGARD, Madame LAPIE, EU-
GÉNIE, *toutes les trois en costume de voyage.*

(Adèle offre des fauteuils et se tient au fond du théâtre.)

MADAME BELGARD.

Que de poussière sur ces routes ! Si la Suisse est
un charmant pays, c'est surtout en peinture. Qu'en
dites-vous, Madame Lapie?

MADAME LAPIE.

Vous avez bien raison, Madame. (*A Adèle, sans la
regarder.*) Petite, faites-nous faire du thé.

ADÈLE, *émue.*

Oui, Madame ; vous allez être servie à l'instant.
(*Elle sort.*)

SCÈNE IX.

LES MÊMES, *excepté* ADÈLE.

*(Aux paroles d'Adèle, les voyageuses, frappées par le
son de sa voix, se sont retournées pour la regarder;
mais déjà elle avait disparu.)*

MADAME BELGARD.

Il me semble que j'ai reconnu cette voix.

MADAME LAPIE.

Je suis comme vous ; je l'ai entendue d'autres fois, certainement.

MADAME BELGARD.

C'est un accent de Paris.

EUGÉNIE, *très-haut et comme exaltée.*

Ah ! c'est la voix d'Adèle Déricourt !

MADAME BELGARD.

Adèle ! serait-il possible !

MADAME LAPIE.

Quoi ! vraiment !

EUGÉNIE, *allant sortir.*

Je vais m'informer.

MADAME BELGARD.

Eugénie, je ne vous le permets point. Vous savez nos conventions avec M. Durieu. Il a positivement confié toutes vos démarches à ma surveillance, et je ne veux pas que vous me quittiez.

EUGÉNIE, *avec résignation.*

Je vous obéirai, Madame.

MADAME LAPIE.

Aussi, en descendant de voiture, il m'a semblé que la jeune personne qui recevait nos cartons ressemblait à la fille du caissier Duclos... Vous vous souvenez ? celle qui est venue chez Adèle faire une scène la veille de sa fête.

MADAME BELGARD.

C'est cela, je l'ai remarquée aussi. Il n'y a plus de doute, Adèle est ici.

MADAME LAPIE.

Servante d'auberge !

EUGÉNIE, *levant les yeux au ciel.*

O mon Dieu ! quelle douleur ! Comment, sans pleurer, supporter sa vue ?

MADAME BELGARD.

Eugénie, n'allez pas vous attendrir mal à propos et vous rendre malade. Vous n'êtes pas plus que nous la cause des malheurs d'Adèle.

EUGÉNIE.

Ah ! Madame, nous pouvions la sauver entre nous, et nous l'avons abandonnée !

MADAME LAPIE.

Eh ! vraiment non. C'est ellé qui nous a abandonnées. Personne ne l'a revue.

EUGÉNIE.

Ce n'était point à elle de venir près de nous ; c'était à nous d'aller vers elle, de lui tendre la main, et de l'empêcher de s'enfuir de Paris.

MADAME BELGARD.

Et c'est ce que vous auriez fait si M. Durieu ne vous eût point caché sa position. Déjà vous êtes tombée malade du chagrin de ne plus la voir , et vous n'ignorez pas que c'est pour vous distraire qu'on vous a permis de faire avec nous le voyage de Suisse. Nous aurons bien mal réussi, si réellement Adèle est ici ; mais je ne puis le croire encore.

EUGÉNIE, *d'un ton ferme.*

Si je la revois, je ne la quitte plus, Madame. Je

vous préviens, ou que je resterai avec elle, ou qu'elle s'en reviendra avec moi.

MADAME LAPIE. -

Oui, oui, nous verrons. Mais je crois que nous discutons à contre-temps. Mademoiselle Adèle ne peut être ici. (*Bas à Madame Belgard.*) Il nous faut quitter cet hôtel.

MADAME BELGARD.

(*Bas à Madame Lapie.*) C'est le meilleur parti à prendre (*Haut.*) Eugénie, vous n'avez point encore vu le Mont-Blanc et le lac de Genève. Après le thé, nous irons admirer ces deux merveilles.

EUGÉNIE.

Tout ce qu'il vous plaira, Madame ; mais nous saurons si Adèle est dans cet hôtel.

MADAME BELGARD.

Certainement ; si elle y est, nous la verrons. Ah ! voici le thé.

SCÈNE X.

LES MÊMES, MARIA.

MARIA, *apportant un plateau chargé de trois tasses de thé.*

Voici votre thé, Mesdames. (*Elle pose le plateau.*)

(*Les voyageuses l'examinent avec attention, tout en s'asseyant autour de la table et prenant le thé.*)

MADAME BELGARD.

Avez-vous eu la complaisance, Mademoiselle, d'envoyer prendre nos lettres à la poste ?

MARIA.

Oui, Madame ; on va les apporter. (*A part.*) Nous ne sommes plus *petite* maintenant ; on me dit Mademoiselle ; on m'a reconnue.

MADAME LAPIE.

Petite ! (*Maria fait un mouvement de surprise.*) Etes-vous depuis longtemps dans cet hôtel ?

MARIA.

Depuis quinze jours, Madame.

(*Madame Fritz paraît sur le seuil de la porte et fait signe à Maria en lui montrant deux lettres.*)

MARIA, *allant prendre les lettres.*

Ah ! voici le courrier de ces dames. (*Elle présente les lettres à Madame Belgard.*)

MADAME BELGARD, *lisant une adresse.*

Mademoiselle Maria Duclos.

MARIA, *vivement.*

Ah ! pardon, Madame, cette lettre est pour moi. (*Elle prend la lettre.*)

EUGÉNIE, *vivement.*

Mademoiselle Maria, Adèle Déricourt est-elle ici ?

MARIA.

Oui, Mademoiselle Durieu. (*Eugénie laisse tomber sa tasse et témoigne la plus grande surprise.*)

MADAME BELGARD.

Et que fait-elle dans cet hôtel ?

MARIA.

Elle y médite sur l'ingratitude, Madame Belgard !

MADAME BELGARD.

L'impertinente !

MARIA, *naïvement.*

C'est tout comme à Paris.

MADAME LAPIE, *minaudant.*

Dites-lui bien que nous désirerions beaucoup la voir, mais que nous sommes très-pressées de partir.

MARIA.

Ne vous pressez pas, Madame Lapie. Mademoiselle Adèle connaît son monde, à présent. C'est elle qui refuserait de vous voir.

MADAME LAPIE.

Vraiment ! Elle est devenue bien difficile !

MARIA.

Vous avez raison, Madame. (*Avec mépris.*) Certaines gens sont indignes de paraître à ses yeux.

MADAME LAPIE, *avec emportement.*

De qui parlez-vous ?

MARIA, *avec force.*

Je ne parle point des absents. Qui se sent morveux se mouche.

MADAME BELGARD, *irritée.*

Mademoiselle Duclos !

MARIA, *souriant.*

Mouchez-vous, Madame Belgard ! Moi, je vais lire ma lettre. (*Elle sort vivement.*)

SCÈNE XI.

LES MÊMES, *excepté* MARIA.

MADAME BELGARD.

Je ne puis revenir de mon étonnement. Nous voici insultées par une servante ! J'aurai raison de son insolence ou j'y perdrai mon nom.

MADAME LAPIE.

Le hasard nous a bien mal servies en nous amenant dans cet hôtel. Ce thé est détestable.

EUGÉNIE.

Allons, Mesdames, calmons-nous. (*Montrant la seconde lettre.*) Voici une lettre de mon père. Je vais la lire. (*Elle brise le cachet et ouvre la lettre.*)

MADAME BELGARD.

Ah ! voyons !

EUGÉNIE, *lisant.*

« Ma chère fille,

« Je serai très-court aujourd'hui ; car j'ai à t'ap-
« prendre de bien mauvaises nouvelles, non pas pour
« nous précisément, mais pour tes deux amies. »

MADAME BELGARD, *interrompant.*

Un malheur !

MADAME LAPIE.

Mais lisez donc !

EUGÉNIE, *lisant.*

« La liquidation de la fin du mois a fait perdre à

« M. Belgard, sur ses opérations de la Bourse, une
« somme de plus de cent mille francs, qu'il a été
« obligé de rembourser dans les vingt-quatre heures.
« Cet évènement l'a bien gêné. Aussi me charge-t-il
« de te prier de dire à sa femme de s'en revenir au
« plus vite, parce qu'il ne peut plus faire les frais
« de son voyage. »

MADAME BELGARD.

Mais c'est affreux, cela !

MADAME LAPIE.

Ma chère amie, cette perte n'est point irréparable.
Eugénie, il n'y a rien pour moi ?

EUGÉNIE.

Pardonnez-moi, Madame. (*Lisant.*) « M. Lapie
« a été condamné hier à trois mois de prison et à
« 3,000 fr. d'amende pour un délit que sa dame doit
« connaître. »

MADAME LAPIE.

Oui, oui, je sais ce que c'est. Mon imbécille s'y
laisse toujours prendre.

EUGÉNIE, *lisant.*

« Il l'attend pour gouverner sa maison. Ainsi, ma
« chère enfant, je vais te revoir bientôt ; ta première
« lettre m'annoncera ton retour. Je t'embrasse. »

MADAME BELGARD.

Je vois qu'il faudra s'en retourner sans voir la
Suisse.

EUGÉNIE.

Il y a un *post-scriptum.* (*Lisant.*) « On annonce
« pour la semaine prochaine la rentrée à Paris de
« Mademoiselle Adèle Déricourt. »

MADAME LAPIE.

Je n'y comprends rien. De quelle date est la lettre ?

EUGÉNIE, *examinant.*

Du 5 juillet.

MADAME LAPIE.

C'est aujourd'hui le 12. Adèle Déricourt doit donc être à Paris. Cette petite Maria nous a trompées.

MADAME BELGARD.

Nous allons voir ! (*Elle sonne.*)

SCÈNE XII.

LES MÊMES, MADAME FRITZ.

MADAME FRITZ.

Ces dames ont sonné. Que désirent-elles ?

MADAME BELGARD.

Vous avez deux bonnes, Madame. L'une se nomme Maria Duclos. Comment s'appelle la seconde ?

MADAME FRITZ.

Elle s'appelle Adèle.

MADAME LAPIE.

Est-ce Adèle tout court ? N'a-t-elle pas un autre nom ?

MADAME FRITZ.

Je ne saurais vous le dire, Madame. J'ai pris ces deux jeunes filles après la mort tragique de leur maîtresse, Madame de Bettereine, qui s'est noyée dans le Rhône. Cette circonstance a fait que je n'ai pris aucun renseignement.

MADAME BELGARD.

Savez-vous si toutes les deux sont Parisiennes ?

MADAME FRITZ.

Je le crois, Madame.

MADAME BELGARD.

Vous tenez sans doute, Madame, à ce que vos voyageurs soient respectés chez vous ?

MADAME FRITZ.

Certainement, Madame.

MADAME BELGARD.

Eh bien ! votre bonne, celle qui s'appelle Maria, nous a tout à l'heure manqué de la manière la plus indigne.

MADAME FRITZ.

Serait-il possible, Madame?

MADAME BELGARD.

Nous l'assurons, et nous exigeons qu'elle ne paraisse plus à nos yeux.

MADAME FRITZ.

Vous serez obéie, Madame, et Adèle vous servira; mais avant je veux que Maria s'explique devant vous. Justement la voici.

SCÈNE XIII.

LES MÊMES, MARIA.

MADAME FRITZ.

Maria, ces dames vous reprochent d'avoir manqué d'égards envers elles.

MARIA.

Moi, Madame Fritz! je ne le crois pas. Pour

manquer d'égards envers une personne , il faut d'abord qu'elle en soit digne.

MADAME LAPIE.

Vous l'entendez, Madame , elle recommence.

MADAME FRITZ.

Justifiez-vous autrement, ou je vous renverrai.

MARIA, *fièrement.*

Madame Fritz, je ne crains point d'être renvoyée; c'est moi au contraire qui vous demanderai congé aujourd'hui même pour moi et pour Mademoiselle Adèle. Et ce sera la première fois que vous aurez eu pour servante une millionnaire.

MADAME FRITZ, *extasiée.*

Une princesse! je m'en suis douté.

MARIA, *se croisant les bras.*

Madame Fritz, que diriez-vous d'une amie qui vous ferait toutes sortes de caresses pendant votre bonne fortune, et qui, au premier revers, vous tournerait le dos, sans vous faire l'aumône d'un pauvre batz ?

MADAME FRITZ.

Cette conduite serait affreuse.

MARIA.

Et cette amie ne serait-elle pas dans votre âme au dernier degré du mépris ?

MADAME FRITZ.

Elle le mériterait bien.

MARIA.

Et si, rentrée dans vos biens par un coup du sort, vous retrouviez cette indigne amie, n'auriez-vous

pas le droit de lui dire en face que c'est une ingrate
et un mauvais cœur?

MADAME FRITZ.

Foi de Genevoise, je le lui dirais.

MARIA.

Voilà mon crime ! Maintenant chassez-moi ,
Madame.

MADAME LAPIE, *se levant.*

Ta, ta, ta... Voyez-vous ce flux de paroles ? Il n'y
a rien de vrai dans tout cela , et je vais...

MARIA, *interrompant et ricanant.*

Madame Fritz, je vous présente Madame Lapie ,
la femme d'un pauvre diable de Paris, en ce moment en prison pour faits peu honorables. Voyez
comme elle a bonne mine ! Reconnaîtriez-vous, à cet
air superbe une ancienne cuisinière du faubourg
Saint-Jacques ?... (*Madame Fritz rit.*)

MADAME LAPIE, *exaspérée.*

Langue de vipère ! Cela est faux...

MARIA , *contrefaisant le ton de Madame Lapie à la
2e scène du 1er acte.*

Jeune femme, vous vous trompez. Mon père connaît M. Lapie, c'était un chiffonnier !

MADAME BELGARD, *s'avançant.*

Il faut que cette scène ridicule finisse. Madame
Fritz, imposez silence à cette servante , ou nous
sortons à l'instant de votre hôtel.

MARIA, *vivement.*

Madame Fritz, Madame a raison. Vous auriez
grand tort de ne point obéir aux ordres d'une ex-cou-
turière du Marais, l'épouse aujourd'hui d'un mar-
chand de calicot en déconfiture.

MADAME BELGARD, *outrée.*

La malheureuse ! que dit-elle ? Tout cela est pure calomnie.

MARIA, *contrefaisant le ton de Madame Belgard à la 2ᵉ scène du 1ᵉʳ acte.*

Quand il s'agit de la vérité, je ne puis rien pour vous, ma chère.

MADAME BELGARD, *au comble du dépit.*

Madame Fritz, ordonnez-lui de sortir,

MARIA, *ricanant.*

Oui, Madame, chassez-moi avec Mademoiselle Déricourt que j'accompagne. Préférez à une princesse, comme vous le disiez tout à l'heure, la femme d'un banqueroutier et celle d'un usurier.

MADAME BELGARD ET MADAME LAPIE.

C'est affreux ! c'est affreux !

MADAME BELGARD, *s'approchant de Maria avec la lettre d'Eugénie qu'elle lui montre.*

Vois donc, malheureuse, la fausseté de tes propos ! Vois si...

MARIA, *s'animant, d'une main tire une lettre de la poche de son tablier, et d'un revers de l'autre fait voler au plancher la lettre de Madame Belgard.*

Je n'ai rien à voir là ! voici une lettre de mon père. C'est un brave homme, celui-là. Je vous dis, Mesdames, que votre fortune est perdue, et que vos maris sont déshonorés. Je vous dis de plus, pour vous infliger la punition que le ciel vous réservait, que M. Hottmann a repris le cours de ses payements, et qu'Adèle Déricourt, intégralement remboursée, est plus riche que jamais. Au surplus, la voici. Osez lui parler.

SCÈNE XIV.

Les **mêmes**, ADÈLE, *en grande toilette.*

EUGÉNIE, *se levant précipitamment et se jetant dans les bras d'Adèle.*

Adèle ! ma chère Adèle ! enfin je te retrouve !

ADÈLE.

Bonne Eugénie !

EUGÉNIE.

Sais-tu bien qu'on m'a retenue loin de toi pendant huit jours, et que j'ai fait une grande maladie après ton départ ? C'est pour me distraire qu'on m'avait envoyée en Suisse. Je ne te quitte plus.

ADÈLE.

C'est cela, ma bonne ; nous nous en retournerons ensemble. (*Elle l'embrasse.*)

(*Pendant cet entretien d'Adèle et d'Eugénie, Madame Belgard et Madame Lapie se sont retirées à l'arrière-scène et se consultent à voix basse ; elles sortent furtivement ; Madame Fritz les suit ; Maria se tient fière et les bras croisés sur le devant de la scène.*)

ADÈLE, *se retournant.*

Et ces dames, où sont-elles ?

MARIA, *d'un ton moqueur.*

Elles sont à la diligence de Paris ; elles retiennent leurs places.

MADAME BELGARD, *reparaissant à la porte.*

Venez, Eugénie.

EUGÉNIE, *d'une voix ferme.*

Madame, je ne m'en irai qu'avec Adèle. (*Madame Belgard se retire ; Maria veut courir après elle.*)

ADÈLE, *l'arrêtant.*

Où vas-tu ?

MARIA.

Je vais proposer à Madame Belgard de nous vendre sa berline.

ADÈLE.

En voilà assez, mon amie ; il est temps de pardonner. Venez toutes deux près de moi ! (*Eugénie s'approche et lui prend la main ; Maria hésite.*) Viens, ma petite Maria ; je dois tout ce que je serai désormais à toi et à ton vieux père, allons l'embrasser. A l'avenir nous resterons ensemble ; car je ne veux pas me séparer un instant de mon ange gardien.

(*Maria s'approche d'Adèle et veut lui baiser la main ; Adèle l'en empêche et l'attire sur son sein.*)

MARIA, *avec attendrissement.*

Je suis récompensée !

LE RIDEAU TOMBE.

Ouvrages du même Auteur.

RHÉTORIQUE APPLIQUÉE, ou Recueil d'exercices litéraires dans tous les genres de compositions françaises. 3 vol. in-12 brochés.   7 fr.

On vend séparément :

Le tome 1er, ou PRÉCEPTES.   2 fr. 25 c.
Le tome 2e, ou CANEVAS.   2   25
Le tome 3e, ou MODÈLES.   3   50

Le même ouvrage, abrégé, pour les pensionnats de demoiselles. 1 vol. in-12 broché.   1 fr. 20 c.

COURS DE STYLE ÉPISTOLAIRE à l'usage des demoiselles et de toutes les personnes qui veulent perfectionner leur manière d'écrire les lettres. 2 vol. in-12 brochés.   4 fr.

LA TENUE DES LIVRES en partie double, *Cours élémentaire, théorique et pratique,* divisé en 20 leçons, et rédigé spécialement pour les maisons d'éducation. 1 vol. in-4°, *partie des Élèves.*   4 fr.

La partie du Maître, fort volume in-4°, composé à l'aide de la typographie, de l'autographie et de la lithographie, contenant *tous les livres tenus.*   9 fr.

Recueil de pièces de théâtre, composées pour les distributions des prix dans les pensionnats de demoiselles.

ANGE GARDIEN (l'), ou la véritable Amie, drame en 2 act. 60 c.

CANCANS (les), ou les Amies brouillées, proverbe en 1 act. 40 c.

CLÉMENCE, ou le Doigt de Dieu, drame en 2 actes.   60 c.

CONVERSATION (la), dialogue sur les locutions vicieuses. 60 c.

HÉRITAGE (l'), ou les trois Cousines, proverbe en 1 acte. 40 c.

MARIE, ou à la Grâce de Dieu, drame en 3 actes.   75 c.

MARIE STUART, drame historique en 3 actes.   75 c.

RAPHAÉLINE ET SÉBASTIENNE, proverbe en 1 acte. 40 c.

LE BON TON, dialogue sur le style le plus convenable à la conversation.   60 c.

LA CHAUMIÈRE BRETONNE, ou la Malédiction d'une mère, drame en 3 actes.   75 c.

JEANNE L'ORPHELINE, drame en 2 actes.   60 c.

ZÉLIE, ou la Martyre de l'obéissance filiale, drame en 3 act. 75 c.

MADELEINE, ou l'Orpheline des Pyrénées, drame en 2 act. 75 c.

LA VIEILLE TANTE, proverbe en 1 acte.   50 c.